ESCAPE GAME

2 aventures magiques

L'APPRENTIE SORCIÈRE

LA FORÊT MYSTÉRIEUSE

rusti'kid

L'apprentie sorcière

Pour profiter au maximum de ce livre, voici deux règles importantes à respecter :

1. Ne tourne pas les pages trop vite. Suis bien les instructions et ne tourne pas les pages les unes après les autres. Ce n'est pas un livre normal : les pages ne se suivent pas !
2. Si tu es bloqué, la liste des solutions se trouve en pages 59 à 63. Mais tu ne dois y aller que si tu n'y arrives vraiment pas !

Prends ton temps pour bien profiter de ton livre. Mais, si tu le souhaites, tu peux essayer de te chronométrer pour finir le livre. Un escape game se joue habituellement en 60 minutes. Arriveras-tu à faire moins ? Prends un crayon de papier, des crayons de couleur, une gomme, une règle, des ciseaux… et lance le chrono !

SOMMAIRE

Début de l'aventure .... p. 5
Solutions .... p. 59

Voici l'alphabet runique, qui est utilisé par les sorciers et les sorcières pour pratiquer la magie. Il te sera utile, donc n'hésite pas à le découper. Rends-toi en page suivante !

ᚠ	ᚢ	ᚨ	ᚱ	ᚲ	ᚷ	ᚹ	
F	U	A	R	K/C/Q	G	V	
ᚺ	ᚾ	ᛁ	ᛃ	ᛇ	ᛈ	ᛉ	ᛊ
H	N	I	J	Y	P	Z/X/Y	S
ᛏ	ᛒ	ᛖ	ᛗ	ᛚ	ᛞ	ᛟ	
T	B	E	M	L	D	O	

OH NON ! Plus une seule goutte de ma potion de voyage. Il faut que j'aille voir Ursule la sorcière, mais je n'ai pas le temps.
Tonton, je peux y aller à ta place ! J'aime bien me balader en forêt, mais je ne connais pas le chemin.
C'est vraiment gentil de ta part.
Sur les papiers que voici, il y a des indications pour se rendre chez la sorcière. Prends le chemin en page 6 et tu arriveras dans la forêt.
Merci ! Je reviens vite !

Au  du  Entre les 

Passe devant la 

et derrière la  jusqu'à la mer.

Au  va à l'ouest.

Après le  descends vers le sud.

Longe la rivière. Traverse le pont

jusqu'à la borne 

En suivant les instructions, tu vas passer à côté de bornes avec des lettres. Après avoir tracé le chemin, prends les lettres dans l'ordre, en partant de la maison, et tu trouveras la page suivante.

E
N
S
E
T
M
S
O
I
X
Nord
Ouest
Est
Sud

Toutes les fleurs sont mélangées.
Pour trouver l'immortelle, je sais juste
qu'elle a une odeur épicée. Mais avec mon bec,
je n'arrive pas à bien sentir les odeurs...

En réunissant dans le bon ordre les lettres des fleurs identiques, tu seras capable de trouver leur parfum.

Il y a 5 senteurs à trouver :
citronnée, boisée, ambrée, épicée et poivrée.

Reporte-toi à la page 59 pour vérifier ta réponse et trouver la page où te rendre.

En utilisant les indications
du bombyx du mûrier, trace les bons
traits dans toutes les cases de la page 11.
Cela tissera ta robe et te donnera
le numéro de la page suivante.
1
2
3
4
5
6

						1	2	
	1	2					1	
		1	1	2		1	4	
	1		2		2	6		
	6	6	5		5	4		
4	4	4	1	2	1		2	
2			2		2			2
	2			2	1	6	2	1
		2		5				
			2		3			
				2	3			

Ursule la sorcière
ne dit jamais rien au hasard.
Écoute attentivement
sa poésie et tu trouveras
où te rendre ensuite.

Quand tu seras sorcière,
Utilise ton cœur et ton esprit.
Apprends les incantations
Révise bien les potions.
Amuse-toi tout le temps,
Ne te moque pas des gens
Toujours avec le sourire,
Éclate souvent de rire !
Tu comprendras mon message
Regard à la verticale.
Oublie la lecture normale,
Intéresse-toi aux majuscules
Si tu veux la prochaine page.

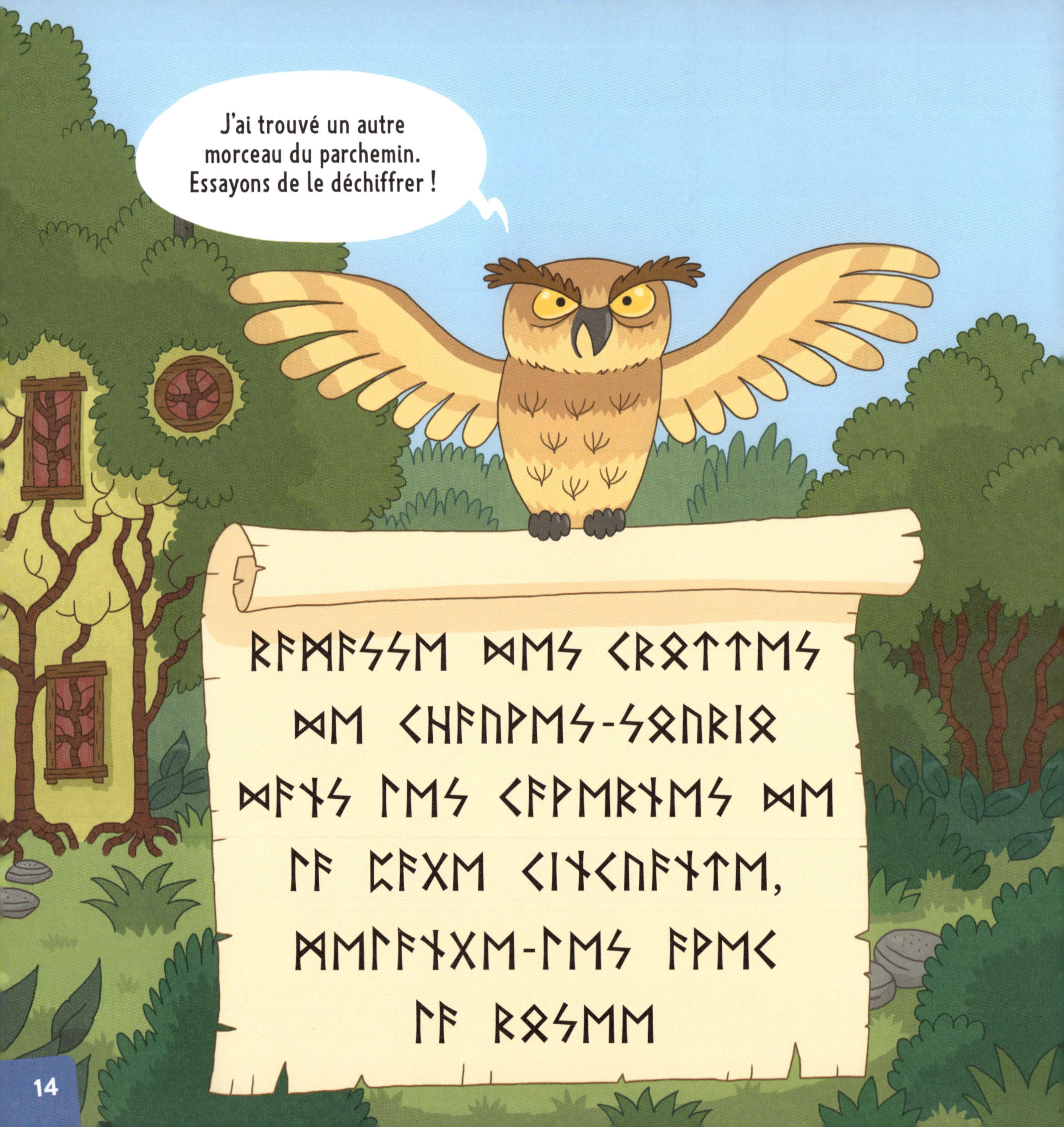
J'ai trouvé un autre morceau du parchemin. Essayons de le déchiffrer !

En utilisant les morceaux que tu as découpés en page 31 et en t'aidant des pointillés, fabrique ton balai. Tu obtiendras peut-être un indice pour découvrir la page suivante…

Nous pouvons désormais préparer la potion ! Mais le grimoire nous joue des tours. Aide-toi des définitions du grimoire pour remplir les cases de la page 17.

- 1 -

On a utilisé ses crottes.

- 2 -

Les abeilles le fabriquent.

- 3 -

Comme la forêt du livre.

- 4 -

Il en faut une pour faire déborder le vase.

- 5 -

Nous les avons prises dans les cavernes.

- 6 -

On l'obtient en écrasant les fleurs.

- 7 -

Elle sort du robinet.

- 8 -

Sa fleur est utile pour la potion.

- 9 -

Quand arrive la rosée.

Voici des parchemins avec toutes les informations nécessaires pour devenir une sorcière, fabriquer une potion de voyage et comprendre l'alphabet runique !

Voici les objets indispensables
pour devenir une sorcière !

Tu dois aller les récupérer avant
de faire la potion.

Chapeau - page 56

Robe - page 10

Balai - page 52

Chaudron - page 44

Une fois les 4 objets récupérés,
rends-toi en page 34.

Le forgeron est trop petit pour attraper les chaudrons. En utilisant ses instructions, choisis le bon chaudron. Il te donnera la page où tu dois te rendre.

90
26
19
66
23
11
Ton chaudron a trois petits pieds.
Il n'est pas noir. Il a une anse ronde.
Ce n'est ni le plus grand, ni le plus petit.
Une cuillère en bois est fournie
avec le chaudron.

En utilisant l'encre des seiches nous pouvons teindre la robe en noir. Cela fera apparaître 3 numéros, qu'il faudra additionner pour connaître la prochaine page.

Avec un crayon noir, et en partant des flèches, colorie les fils de la robe. Tu trouveras des chiffres que tu pourras additionner pour trouver la prochaine page.

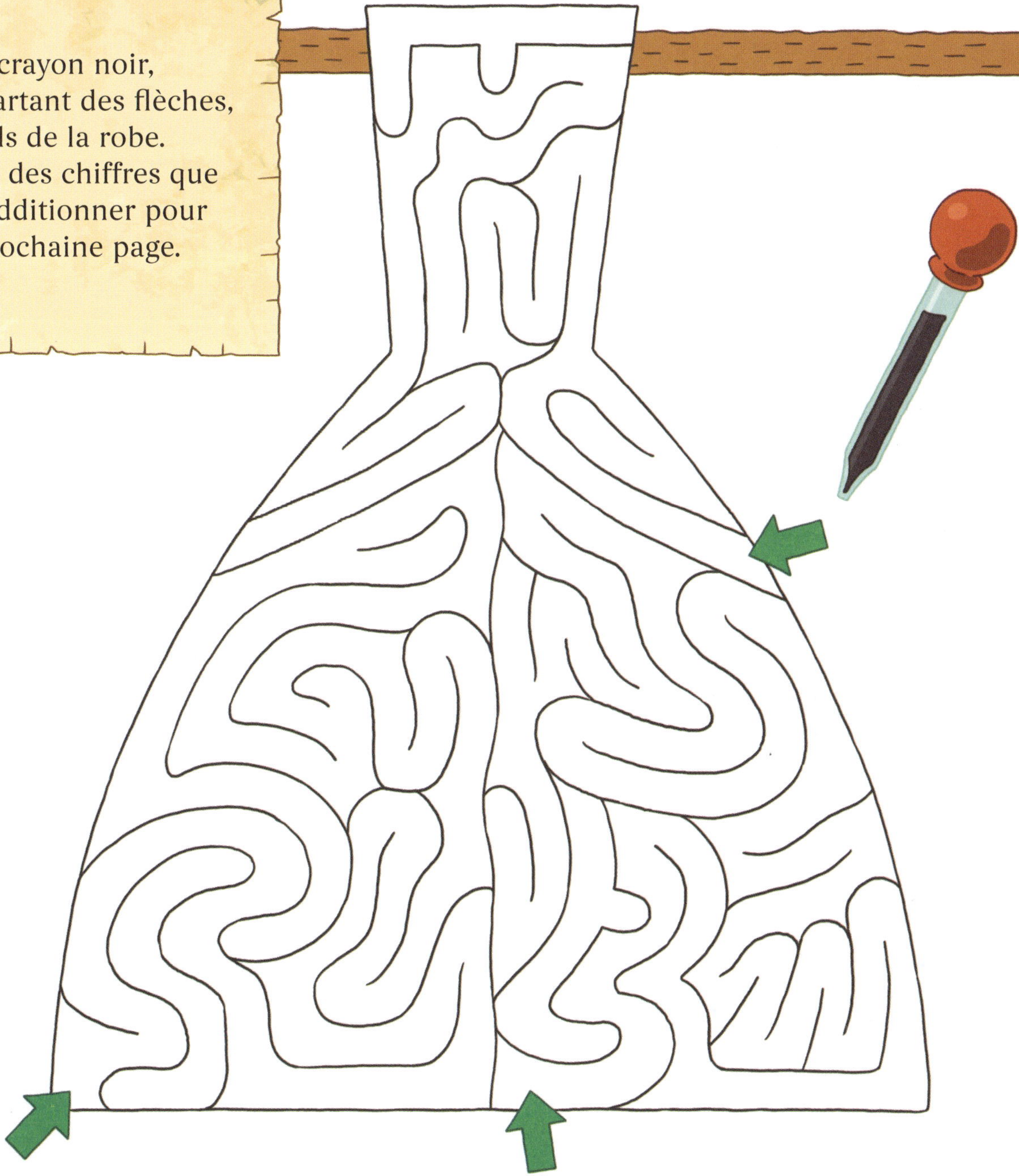

En partant de la flèche, relie les points noirs.
Tu ne dois pas toucher les cailloux,
sinon le bruit attirera les chauves-souris.
Tu découvriras alors le numéro
de la page suivante en toutes lettres.

Il ne manque plus qu'un ingrédient pour faire la potion. Trouve son nom grâce à l'alphabet runique.

Mais qui es-tu ? Que viens-tu faire chez moi ? !
Je m'appelle Mirella... Je viens récupérer une potion de voyage pour mon oncle qui doit partir ce soir.

HUUUMMM...

Je te propose alors un marché.
Si tu prends ma place en tant que sorcière,
je t'apprends à faire la potion.
Sinon, attention... Quelle est ta décision ?

Oui ➳ page 18
Non ➳ page 33

Bémol le chat a fait une bêtise. Il a fait tomber toutes les potions par terre. Elles se sont mélangées. Mais l'araignée peut nous aider sur la page d'à côté.

Pour avoir la bonne potion, il faut reformer les bonnes bouteilles puis résoudre l'opération :

Bouteille 1 + Bouteille 2 - Bouteille 3 x Bouteille 4 = ?

Le nombre obtenu t'indiquera la page où te rendre.

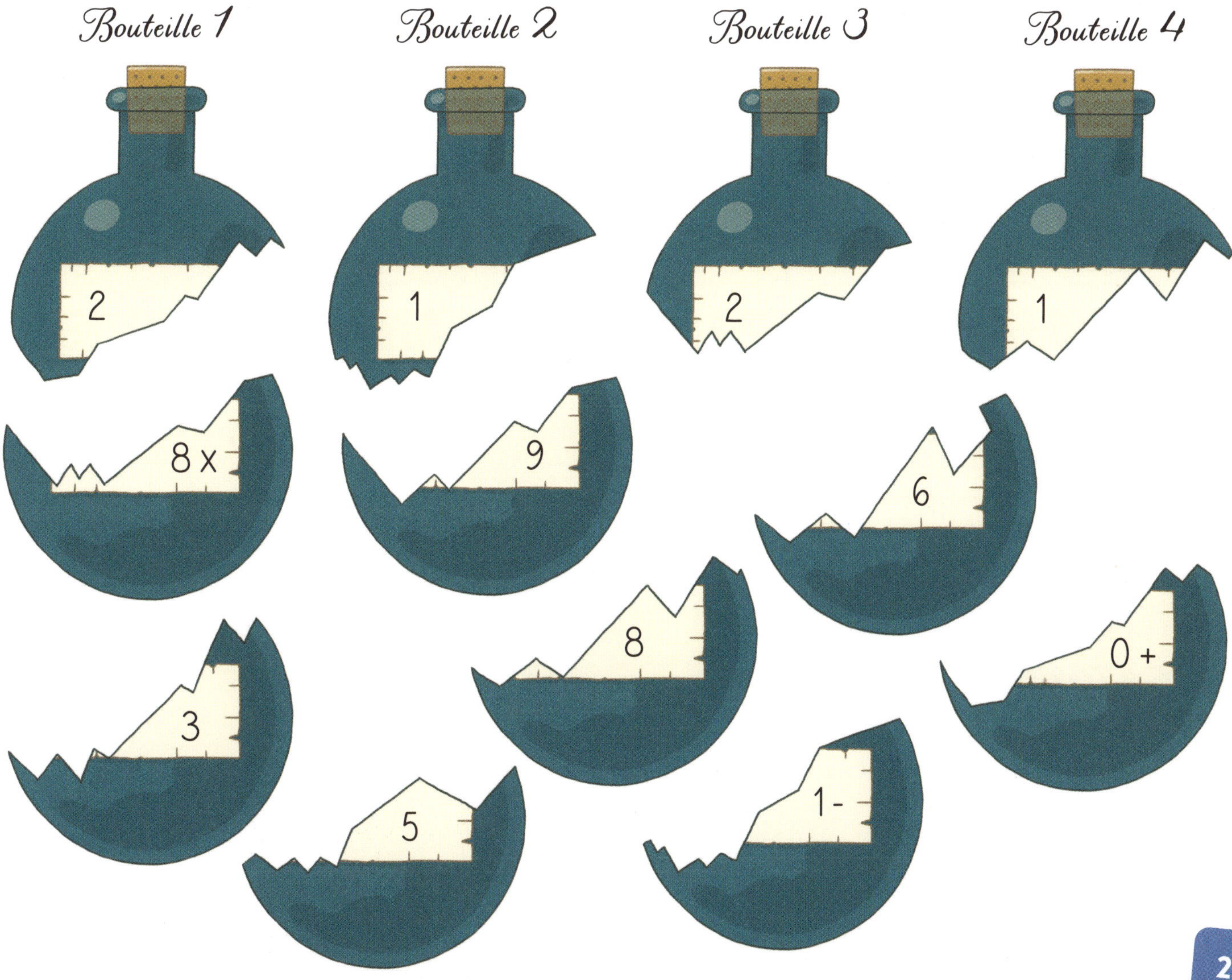

Avec mes vieux yeux, je ne trouve pas le morceau de parchemin qui pourrait nous aider. Le vois-tu ?

Découpe soigneusement les morceaux du balai puis rends-toi en page 15.

OH, Mirella est devenue un crapaud !
Vite, retourne en page 27 pour annuler le sort !

OH NON !
Le chat a déchiré la liste des ingrédients. Les morceaux se sont envolés dans toute la pièce…

Je ne vois pas bien, mais peut-être arriveras-tu à trouver un indice sur l'un d'entre eux ? Peut-être même un numéro de page ?
48

Voici la maison de la sorcière, elle est bien cachée parmi les arbres !
Va à la page d'à côté pour t'en approcher...

Déplace l'étoile au milieu de la porte en suivant, de gauche à droite, les flèches autour de la porte. Le dessin obtenu te donnera le numéro de la page suivante.

Mirella doit voler jusqu'à la ruche. Utilise ta règle pour tracer son trajet en reliant les croix, sans toucher les abeilles. Le numéro de la page suivante apparaîtra.

Repère les trèfles à quatre feuilles
et cueille-les en les coloriant.
Le nombre de trèfles à quatre feuilles
te donnera la page suivante.

En utilisant l'alphabet runique, essaie de traduire le texte pour savoir où tu dois te rendre.

ᛗᛖᛏᛏᚱᛖ ᚢᚾ ᛈᛖᚢ

ᛞᛖ ᛗᛁᛖᛚ ᛞᛖᛊ ᚨᛒᛖᛁᛚᛚᛖᛊ

ᛞᛖ ᛚᚨ ᚠᛟᚱᛖᛏ ᚾᛟᛁᚱᛖ.

ᛏᚢ ᛖᚾ ᛏᚱᛟᚢᚹᛖᚱᚨᛊ

ᛈᚨᚷᛖ ᛏᚱᛖᚾᛏᛖ-ᚺᚢᛁᛏ

Bravo ! Tu as aidé Mirella à finir sa première potion de sorcière. Tu as fini ce livre et tu peux être fier de toi !

Je n'ai pas assez de force pour actionner la forge, et le feu ne veut pas démarrer. Aide-moi à le démarrer en résolvant ce jeu et je te fabriquerai un chaudron.

M O A N M W D S B U Q A P
E C J C G N F U R D E Y
C L Q E H E H E U I J G L
D P S P A K F B N Q M C R
I L I O U C T O W U D
A A Q T A D E Y F E X O
R R S V U K E N S E A E
B P E J S H V D M O L M V
C S F Z D C X A R L Z D
M E U Z H B E E Q C U
J K V Z B A O E Y C V N Q
R A Y E F P R U N L A E Y
O X V O F O G E I W H J G
C U L B U S T K O U R
F E O A R N R E P A C T

Les lettres entourées sont le début et la fin des mots ci-dessous. Barre les mots dans la grille et le numéro de la page suivante apparaîtra.

① *braise* ③ *bûche* ⑤ *étincelle* ⑦ *feu*
② *chaud* ④ *four* ⑥ *brique* ⑧ *cendre*

Mélange bien le miel avec les autres ingrédients.
Il n'en reste plus qu'un seul à trouver.
J'ai aperçu le dernier morceau de parchemin. Et toi ?
Si tu le trouves, il t'indiquera la page suivante.

Mirella n'a pas vu qu'un sort a été jeté sur la maison. Tu pourras annuler le sort en trouvant un nombre dissimulé dans cette page et en le disant à haute voix. Et ce numéro te donnera la prochaine page où te rendre.

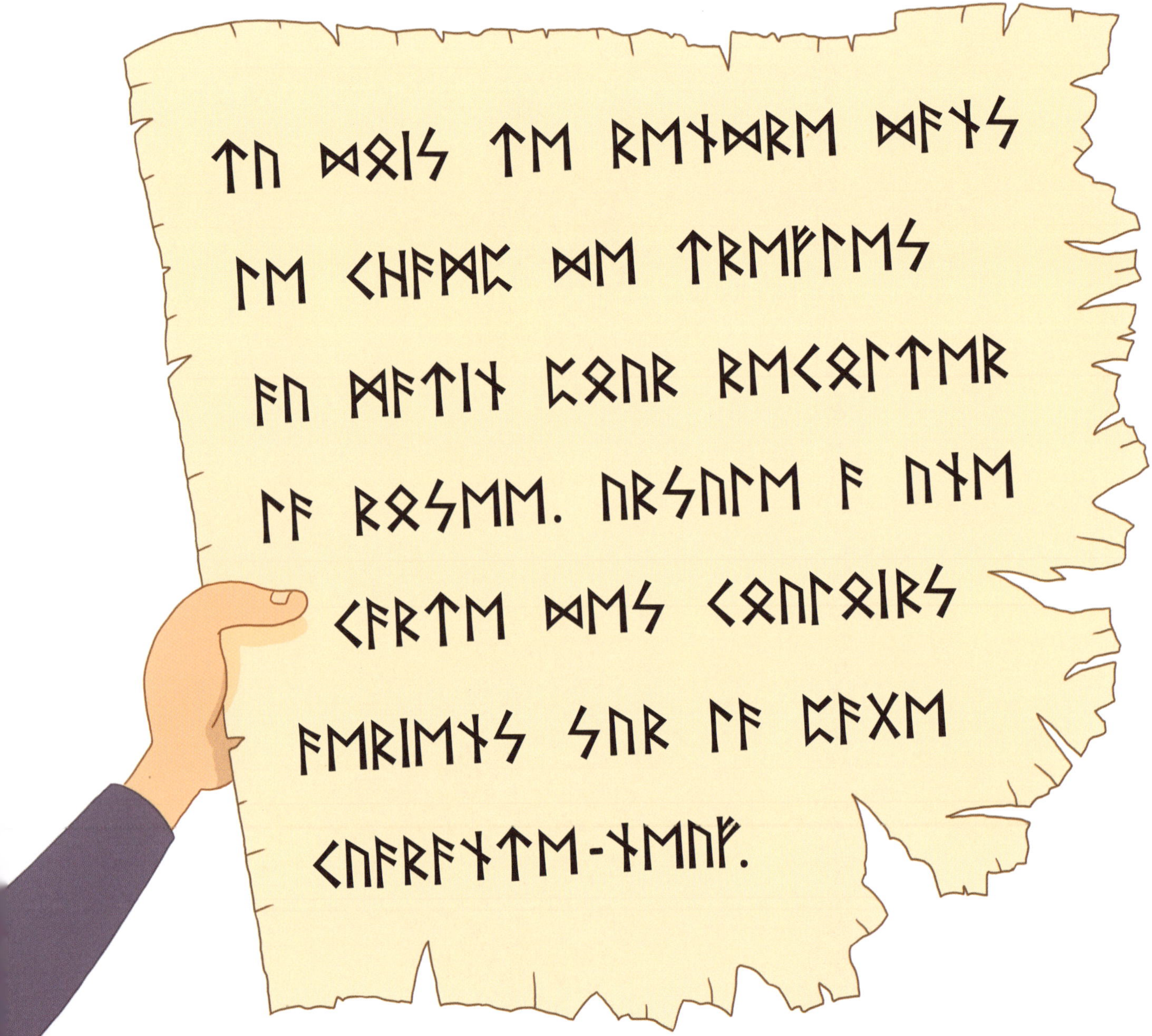

En utilisant la carte ci-dessous, calcule le trajet le plus court entre les deux flèches, en additionnant les temps de trajet entre chaque point. Le résultat trouvé te donnera la page suivante.

En utilisant toutes les flèches, retrace le parcours de Mirella jusqu'à l'une des grottes. Dans quelle caverne arrives-tu ? Attention, les flèches ne sont pas dans l'ordre, et tu ne peux pas traverser la pierre ou l'eau.

2x ↑ 6x → 1x ↗ 1x ↓ 1x ↖

38
24
41

À partir des énigmes ci-dessous, trouve les bons arbres parmi ceux de la page 53. Relie ensuite les arbres 1 et 2 ensemble, puis les arbres 3 et 4. Cela te donnera la page pour aller assembler ton balai.

1 C'est un arbre fait de maillons.

2 C'est un arbre qui permet de s'arrêter.

3 C'est un arbre plein de larmes.

4 C'est un arbre qui travaille dur.

Frêne
Saule pleureur
64
28
3
31
56
21
39
42
Bouleau
Chêne

Dans cette potion, les crottes de chauves-souris permettent de repousser les moustiques, la rosée des trèfles à quatre feuilles porte-bonheur, le miel donne un bon goût et l'huile essentielle d'immortelle éloigne les maladies. Il te reste juste à décorer l'étiquette en page 55 et à trouver un nom pour la potion. Puis rends-toi à la page 12.

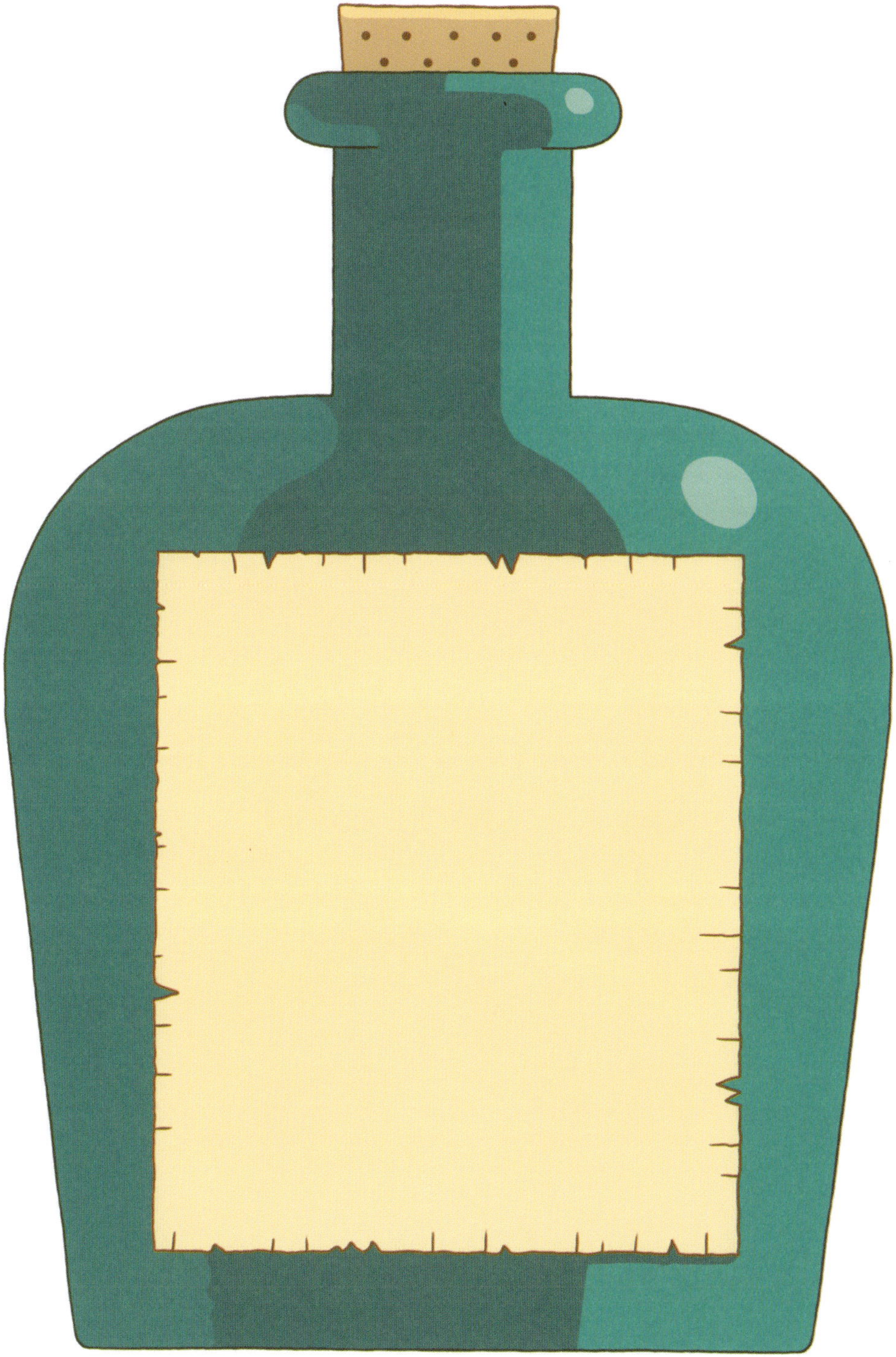

En partant de l'araignée orange, tisse le chapeau en coloriant les fils. Les araignées sont rangées dans l'ordre. Le chiffre indique le nombre de fils à tracer pour atteindre l'araignée suivante. Une fois le chapeau récupéré, retourne en page 19.

Bombyx du mûrier

Le bombyx du mûrier est un papillon originaire de Chine. Sa chenille est le ver à soie, qui produit la soie utilisée pour fabriquer des vêtements.

Chauve-souris

Ce sont les seuls mammifères qui sont capables de voler. Ils ne se posent quasiment jamais au sol et se reposent en s'accrochant la tête en bas. Elles sont bénéfiques pour les hommes car elles se nourrissent de moustiques et de moucherons.

Runes

L'alphabet runique est appelé *futhark*. Il a été inventé par les peuples du Nord de l'Europe, notamment les ancêtres des Vikings.

Hubert *le Hibou*

Hubert était un homme avant d'être un hibou. C'est pour ça qu'il peut parler. Une sorcière l'a transformé en hibou. Et il a tellement aimé voler qu'il a décidé de rester un hibou.

Sorcière

Le mot sorcière vient du latin *sortiarius*, qui signifie « jeteur de sorts ».

Korrigans

Les Korrigans sont des créatures imaginaires celtiques. Ce sont de petits êtres qui vivent dans les grottes, les dolmens ou près des sources d'eau. On dit qu'ils sont à l'origine des ronds-de-sorcières, ronds de champignons qu'on trouve dans les bois.

Immortelle

L'immortelle est une fleur qui pousse en bord de mer, dans le sable. Elle a une forte odeur épicée, qui rappelle le curry. Elle est très utile contre les maladies, comme la fièvre, la toux ou les rhumes.

SOLUTIONS

PAGES 6-7

Le numéro de page à trouver est : TRENTE-SIX.

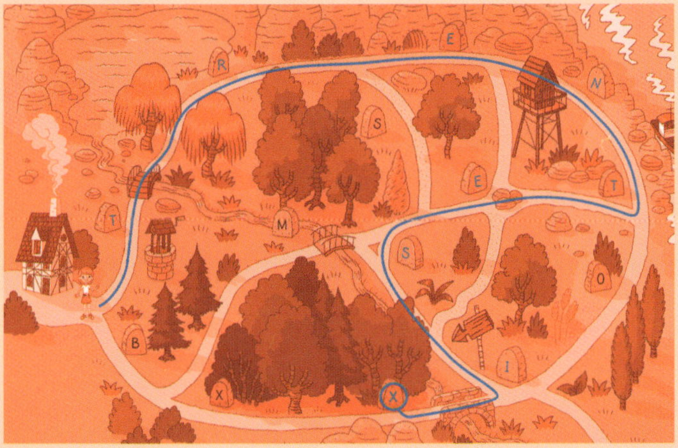

PAGES 8-9

GÉRANIUM
Senteur ambrée
Page 53

IMMORTELLE
Senteur épicée
Page 16

HORTENSIA
Senteur boisée
Page 31

LABDANUM
Senteur poivrée
Page 22

CAMPANULE
Senteur citronnée
Page 34

PAGE 11

Le numéro de page à trouver est : 22.

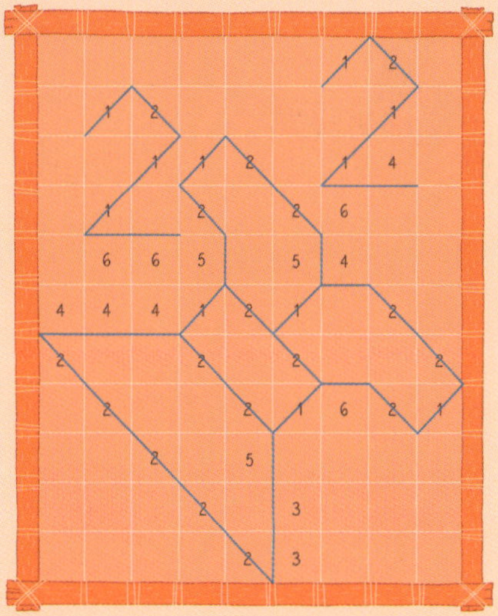

PAGE 13

Le numéro de page à trouver est : QUARANTE-TROIS.

Quand tu seras sorcière,
Utilise ton cœur et ton esprit.
Apprends les incantations
Révise bien les potions.
Amuse-toi tout le temps,
Ne te moque pas des gens
Toujours avec le sourire,
Éclate souvent de rire !
Tu comprendras mon message
Regard à la verticale.
Oublie la lecture normale,
Intéresse-toi aux majuscules
Si tu veux la prochaine page.

PAGE 14

RAMASSE DES CROTTES
DE CHAUVES-SOURIS
DANS LES CAVERNES DE
LA PAGE CINQUANTE,
MÉLANGE-LES AVEC
LA ROSÉE

PAGE 15

Le numéro de page à trouver est :
PAGE DIX-NEUF.

PAGE 17

Le numéro de page à trouver est : VINGT-HUIT.

CHAUVESOURIS
MIEL
NOIRE
GOUTTE
CROTTES
HUILE
EAU
IMMORTELLE
MATIN

PAGES 20-21

Le numéro de page à trouver est : 19.

PAGE 23

Le numéro de page à trouver est : 5 + 7 + 7 = 19.

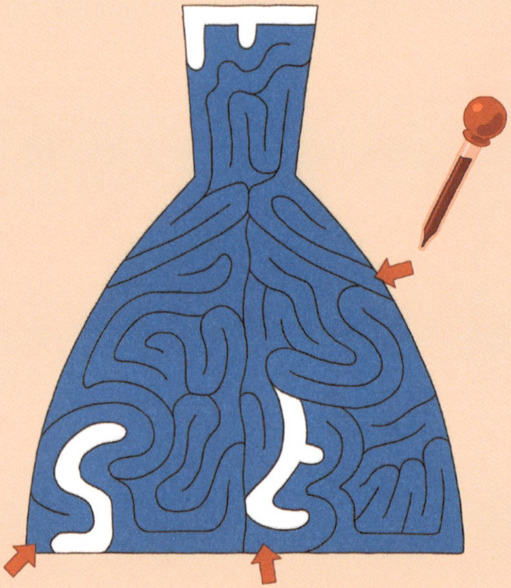

PAGE 24

Le numéro de page à trouver est : trente.

PAGE 25

VERSE DES GOUTTES
D'HUILE ESSENTIELLE
D'IMMORTELLES ET VA
EN PAGE HUIT

PAGE 29

Bouteille 1 + Bouteille 2 - Bouteille 3 x Bouteille 4 = ?

PAGE 30

Le numéro de page à trouver est : 42.

PAGES 34-35

Le numéro de page à trouver est : 48.

PAGE 37

Le numéro de page à trouver est : 47.

PAGES 38-39

Le numéro de page à trouver est : 46.

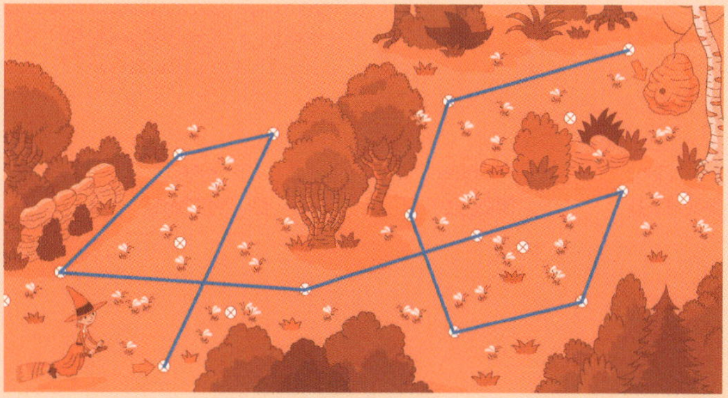

PAGES 40-41

Le numéro de page à trouver est : 14.

PAGE 42

METTRE UN PEU
DE MIEL DES ABEILLES
DE LA FORÊT NOIRE.
TU EN TROUVERAS
PAGE TRENTE-HUIT.

PAGE 45

Le numéro de page à trouver est : 20.

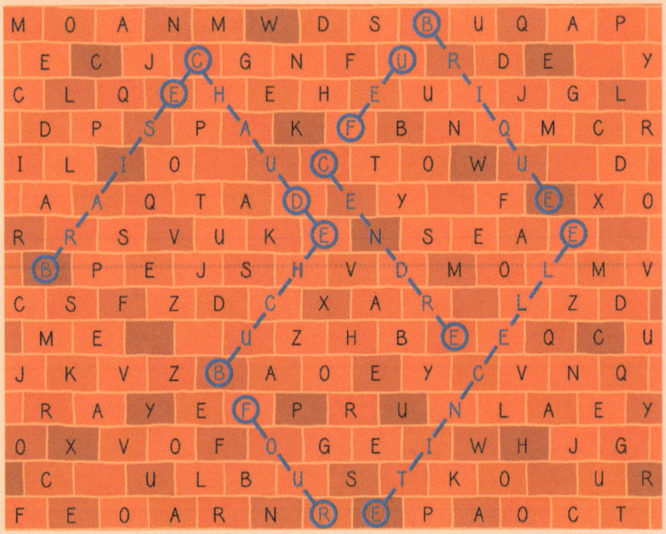

PAGE 46

Le numéro de page à trouver est : 25.

PAGE 47

Le numéro de page à trouver est : 26.

PAGE 48

TU DOIS TE RENDRE DANS
LE CHAMP DE TRÈFLES AU MATIN
POUR RÉCOLTER LA ROSÉE.
URSULE A UNE CARTE DES
COULOIRS AÉRIENS SUR
LA PAGE QUARANTE-NEUF.

PAGE 49

Le numéro de page à trouver est : 40.

PAGES 50-51

Le numéro de page à trouver est : 24.

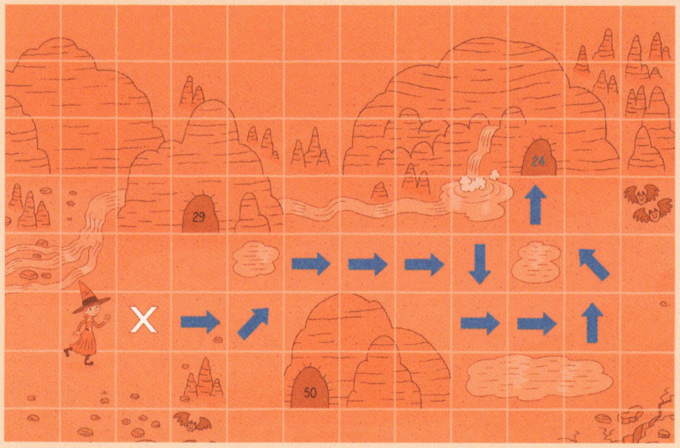

PAGE 53

Le numéro de page à trouver est : 31.

PAGE 57

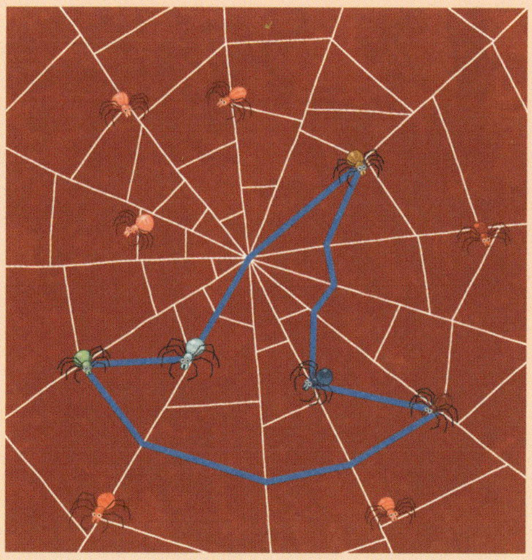

La forêt mystérieuse

Pour profiter au maximum de ce livre, voici quelques règles importantes à respecter :

1. Ne tourne pas les pages trop vite. Suis bien les instructions et ne tourne pas les pages les unes après les autres. Ce n'est pas un livre normal : les pages ne se suivent pas !
2. Si tu es bloqué, la liste des solutions se trouve en pages 59 à 63. Mais tu ne dois y aller que si tu n'y arrives vraiment pas !
3. À la page 3, tu as un sac à dos dans lequel tu pourras noter tout ce que tu trouves pendant le jeu et que tu souhaites conserver avec toi.

Prends ton temps pour bien profiter de ton livre. Mais, si tu le souhaites, tu peux essayer de te chronométrer pour finir le livre. Un escape game se joue habituellement en 60 minutes. Arriveras-tu à faire moins ? Prends un crayon de papier, une gomme, une paire de ciseaux et lance le chrono !

SOMMAIRE

Début de l'aventure .... p. 3

Solutions .... p. 59

OBJETS TROUVÉS
INFORMATIONS À NOTER

Dessine-toi (visage, cheveux, vêtements...) !
OH, un écureuil avec des lunettes !

À L'AIDE !
À L'AIDE !
Vite, tourne la page pour voir ce qu'il se passe !

Aide-nous à nous échapper de cette cage !
La clé est dans la maison de l'ogre, sur ta droite !
VITE ! DÉPÊCHE-TOI ! L'OGRE VA BIENTÔT REVENIR !
11
Deux nombres sont cachés dans les dessins. Trouve-les, ils t'indiqueront les pages auxquelles tu dois te rendre...

Pour voir la fontaine de plus près, rends-toi à la page 44 !
OH, quelque chose brille dans cette fontaine !
Je crois que nous avons besoin d'eau de source pour faire la potion de la sorcière.
LES QUATRE CHEMINS
•• PAGE 20 ••
SANGLIERS
•• PAGE 15 ••

SOUS-BOIS
PAGE 50
RIVIÈRE
PAGE 18

BONJOUR !
Je m'appelle Puck. Je suis un lutin.
Peux-tu m'aider ?

SALUT !
Moi, je m'appelle Nils.
Aide-nous à sortir, s'il te plaît !

Tout le monde m'appelle Brownie,
mais ce n'est pas mon vrai nom... en fait,
je suis très gourmand ! D'ailleurs, j'ai perdu
mon gâteau, zut, j'ai faim !

SI TU N'AS PAS TROUVÉ LA CLÉ, RETOURNE À LA PAGE 6.

En page 10, tu trouveras cinq cadenas.
En utilisant la clé trouvée chez l'ogre, ouvre le bon cadenas :
sa serrure t'indiquera le numéro de page où tu dois te rendre...

Je suis presque sûr qu'il faut autant de fruits violets que de fruits verts !
On peut manger des fruits ? J'AI FAIM !
Additionne le nombre de fruits rouges et de fruits jaunes : le résultat obtenu doit être égal à la somme des autres fruits + 1.
PAGE 16

	5		2	1			9	8
9	8		3			6		
3		1		8				
					3	7		
5		6	8			2		1
		4	6					
				6		1		3
		3			7		8	4
1	7			3	8		6	

Cette grille de sudoku comporte neuf carrés de neuf cases chacun. Dans chacun de ces carrés, les chiffres de 1 à 9 n'apparaissent qu'une seule fois. Sur une colonne ou sur une ligne, il ne peut y avoir deux fois le même chiffre. Trouve le nombre fruits rouges, orange, jaunes, bleus, violets et verts.

OH, nous étions en train de repeindre notre tanière et nos enfants ont échappé à notre vigilance, ils se sont enfuis ! Pouvez-vous retrouver leurs traces ?
OUPS, on a eu un petit souci avec la peinture ! Il y en a un peu partout et je vois que certaines empreintes sont celles de nos enfants, cela devrait vous aider !
E
VERGER
•• PAGE 17 ••

Une fois que tu auras identifié
les empreintes des marcassins
(enfants du sanglier),
suis-les pour les retrouver !
J'ai dessiné toutes les empreintes que j'ai trouvées sur le sol.
Quelles traces doit-on suivre ?
Petit indice : le sanglier ne possède ni doigts ni griffes.
SOURCE
•• PAGE 8 ••

Si tu souhaites récolter des fruits dans les arbres, rends-toi à la page 12.

OH NON, j'ai encore perdu mes lunettes ! Sans elles, je ne vois plus rien et je ne pourrai donc pas venir à la fête du village. Tu veux bien m'aider ?
SANGLIERS
PAGE 14
SI TU AS DÉJÀ TROUVÉ LES LUNETTES, DONNE-LES AU HIBOU.

Pour visiter
la cabane
du bûcheron,
rends-toi
à la page 40.
On ne devait pas
rapporter du bois pour
la fête du village ?
SOURCE
PAGE 9

FÊTE SECRÈTE
C'est quoi cette fête ? Ils auront peut-être du brownie ?
Pour déchiffrer ce qui est écrit sous la banderole, rends-toi à la page 45.
J'entends Monsieur Castor ! Il est dans le barrage !
Pour entrer dans le barrage, rends-toi à la page 32.

Pour voir de plus près les panneaux, rends-toi à la page 39.

CHEMIN
VERS LA FALAISE
•• PAGE 36 ••

Ta mission : traverser le toit pour aller récupérer la clé. Si tu arrives jusqu'à la salle à manger, tu pourras noter « CLÉ » dans ton sac à dos (page 3).
Observe bien la forme de la clé...

SI TU AS TROUVÉ LA CLÉ, RETOURNE À LA PAGE 6 POUR DÉLIVRER LES LUTINS !

SI TU AS TROUVÉ LA SCIE, NOTE « SCIE » DANS TON SAC À DOS (PAGE 3).

Tu retrouveras tous les symboles ci-dessous dans la forêt. Ils te donneront les lettres pour trouver le mot de passe qui te permettra d'entrer chez la sorcière ! Pour vérifier ta réponse, consulte le tableau en page 60. Il te donnera la page où te rendre.

FALAISE
PAGE 36
On doit aller prévenir les invités, mais nous avons perdu la liste des convives. Elle ne doit pas être loin.
On doit apporter la potion de la sorcière au chef du village, mais on a perdu la liste des ingrédients.
Peux-tu nous aider à retrouver les listes et à préparer la fête du village ?

Réunis les champignons de la même espèce et mets-les dans l'ordre pour reconstituer leur nom. Choisis ensuite celui qui correspond à la demande de la sorcière et note son nom dans ton sac à dos à la page 3.

CRAC
OH NON, l'ogre revient ! Vite, il faut s'enfuir !
En passant par les bonnes cases du jardin, nous pouvons nous enfuir !
Il faut éviter les cases à côté des plantes sinon elles vont nous dévorer.

Pour traverser le jardin, tu dois le faire en _ _ _ _ _ _ _ _ .
Pour compléter cette phrase, pars de la flèche du haut et avance de case en case pour former un mot ; tu peux te déplacer en ligne droite ou en diagonale... Si tu as trouvé un mot, va vérifier en page 61 qu'il est correct.

AH, VOUS VOILÀ ENFIN !

Je me demandais bien où vous étiez passés !
Avez-vous bien donné les invitations
pour la fête :

☐ au castor ☐ à l'ours ☐ au loup ☐ au hibou

Et avez-vous la potion ?

SI TU N'AS PAS TOUS LES ÉLÉMENTS ET INVITÉS DES LISTES DE LA PAGE 57, RETOURNE DANS LE SOUS-BOIS (PAGE 50) POUR TROUVER CEUX QUI TE MANQUENT.

Si tu as fabriqué la potion avec la sorcière et que tu as bien rencontré les différents invités, tu peux entrer dans le village pour participer à la fête ! Rends-toi à la page 49.

Aide le castor à boucher les trous dans le barrage en découpant les morceaux de bois de la page 33 et en les collant de manière à faire disparaître les trous.

PAGE 19

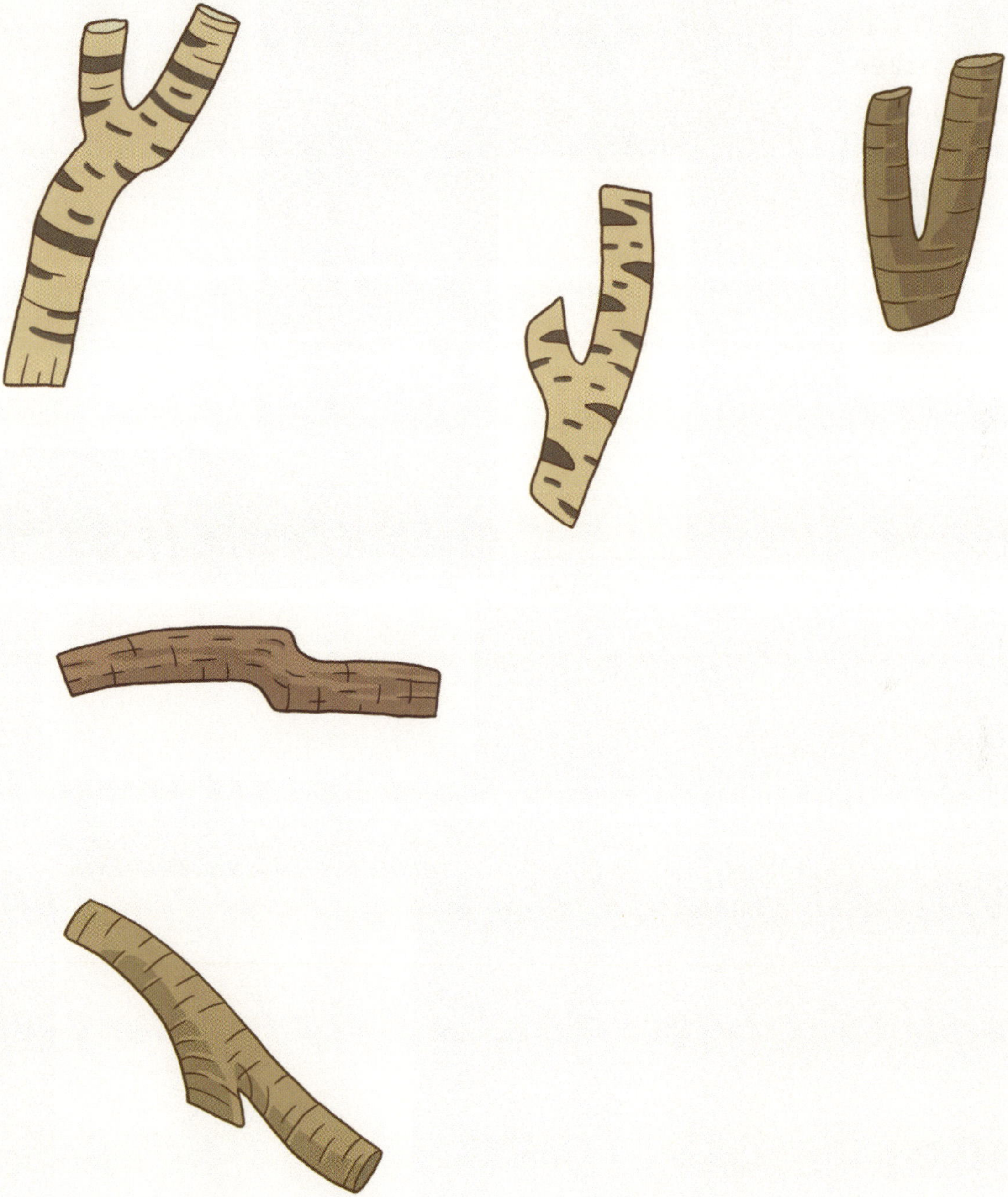

L'ogre a détruit mes ruches… Avant de venir à la fête du village, il va falloir que je les répare et cela prend du temps. Mais si vous m'aidez, cela ira plus vite !
D'ACCORD ! Mais nous avons besoin aussi de miel !
Si vous m'aidez, je vous donnerai ce pot de miel ! Pour cela, découpez le modèle de ruche de la page 34 et allez construire quatre ruches dans la prairie de la page 56.
PAGE 24

Tu souhaites récupérer les listes qui se trouvent sous mes pattes ? Héhé, d'accord, mais tu dois d'abord résoudre une charade et je suis rusé ! Es-tu prêt ?
LES QUATRE CHEMINS
PAGE 20
Rends-toi à la page 48 pour découvrir la charade.

Retrouve les prénoms des marcassins en utilisant les indices qu'ils te donnent et note-les dans les cases situées sous chacun d'eux.

PAGE 19

PAGE 20

Associe les morceaux pour avoir des multiplications correctes. Cela te donnera un numéro de page auquel tu pourras te rendre.

BONJOUR !
Nous avons besoin de bois… pourriez-vous nous en couper ?
J'aimerais bien, mais on m'a volé ma scie ! Si vous la retrouvez, vous pourrez prendre autant de bûches que vous le souhaitez.
É

PAGE 18

PAGE 50

SI TU AS TROUVÉ LA BOUTEILLE CACHÉE DANS CETTE PAGE, NOTE LE MOT « BOUTEILLE » DANS TON SAC À DOS (PAGE 3).

Dans chaque colonne et chaque ligne, le chiffre indique le nombre de pièges présents. Trouve tous les pièges pour aider le loup à traverser les fougères sans se faire attraper par les chasseurs. Il y a six pièges à trouver. Aucun piège n'est à côté d'un autre piège.

Pour allumer le feu
tu dois d'abord dessiner
sous la marmite
les bûches récupérées
chez le bûcheron.
Allume ensuite la mèche
en tapant les deux silex
l'un contre l'autre.
Mais ne te trompe pas,
il y a plusieurs mèches
et seule une d'elles permet
d'allumer le feu.

Pour réaliser cette potion, il te faut trois ingrédients : des fruits, du miel et de l'eau de source. Si tu les as et que le feu est allumé, on va pouvoir préparer la recette !
PAGE 46

PAGE 8

SI TU AS TROUVÉ LES LUNETTES DU HIBOU, NOTE « LUNETTES » DANS TON SAC À DOS (PAGE 3).

Si tu as une bouteille dans ton sac à dos (page 3), tu peux récupérer de l'eau de source : note « EAU DE SOURCE » dans ton sac à dos. Sinon, pars à la recherche de la bouteille, elle est cachée dans la forêt !

Le message écrit au sol est à moitié effacé. Déchiffre-le pour savoir où aller…

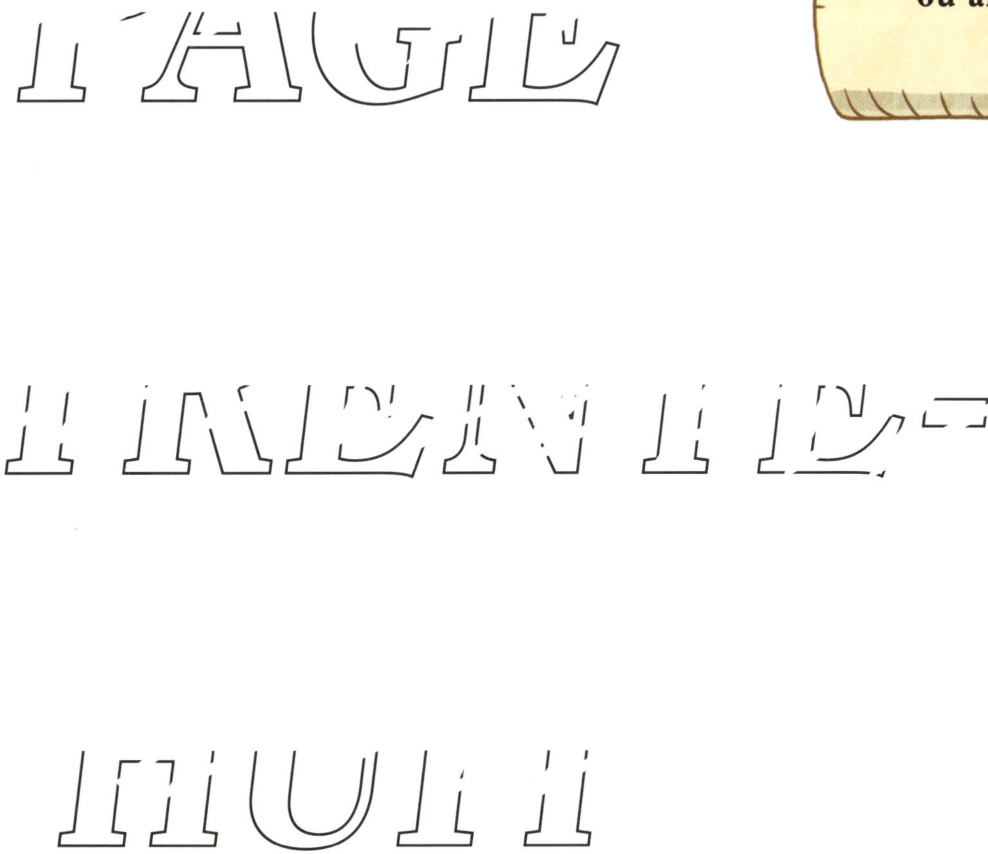

PAGE 19

Je suppose que tu viens pour la potion ! Vérifie que tu as bien tous les ingrédients pour la réaliser : des fruits, du miel et de l'eau de source. S'il t'en manque, va en page 62, tu y découvriras des indices ! Mais ce n'est pas tout, en échange de la potion, je veux des champignons comestibles, avec un pied mais sans chapeau ! Là encore, si tu ne sais pas où les trouver un indice en page 62 t'aidera !
CUL-DE-SAC
•• PAGE 24 ••

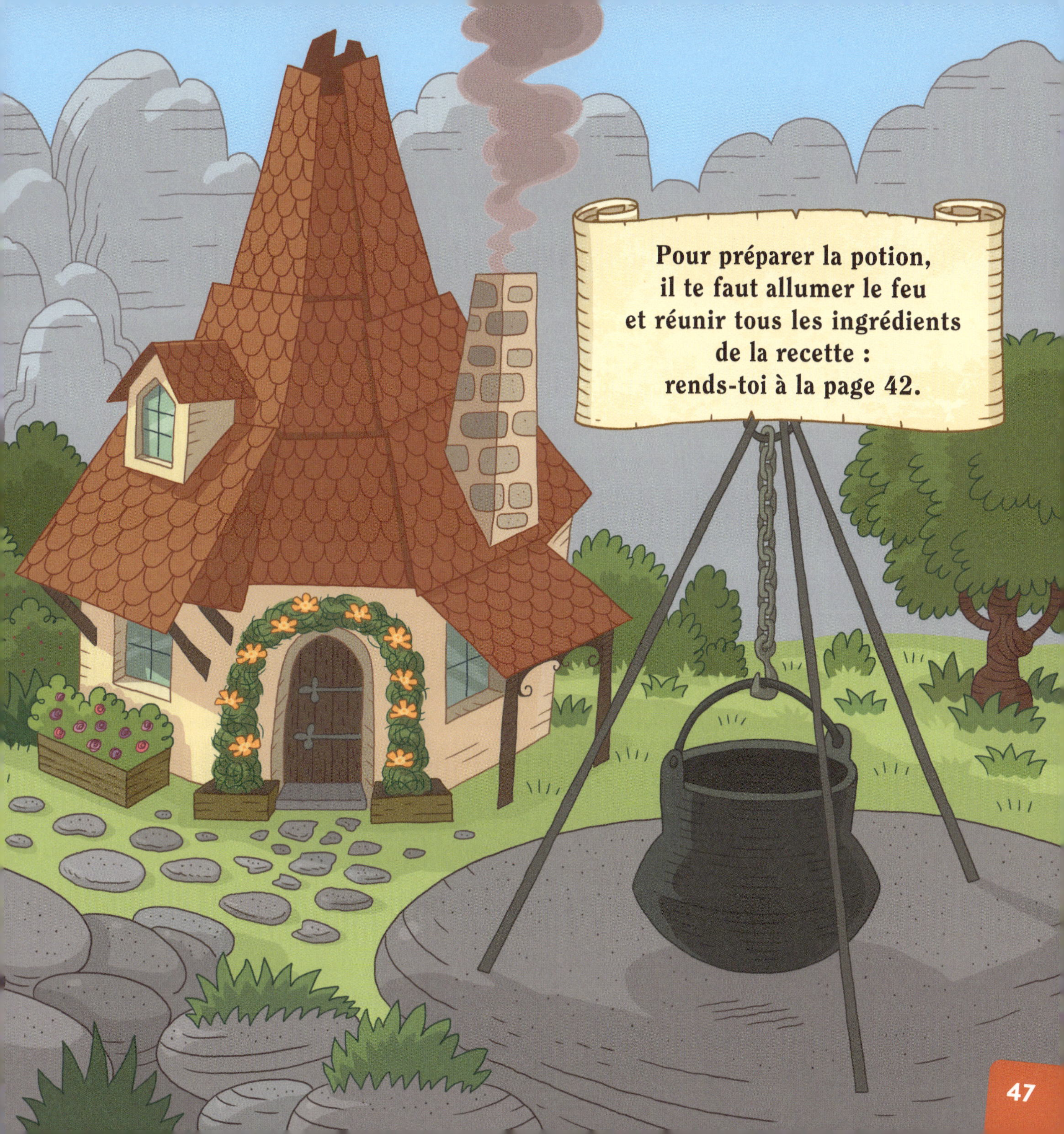
Pour préparer la potion,
il te faut allumer le feu
et réunir tous les ingrédients
de la recette :
rends-toi à la page 42.

Voici la charade :

Mon premier est souvent le premier.
Mon second se boit chaud ou glacé.
Mon troisième aide à bien dormir.
Mon quatrième est un prénom.
Mon cinquième est le bruit du serpent.
Mon sixième permet de faire des omelettes.
Mon tout est ce dont tu auras besoin
pour résoudre toutes les énigmes.

Qui suis-je ?

....

Une fois que tu as trouvé le mot, tu peux aller jeter un œil aux listes, le renard les a laissées en page 57.

PAGE 36

Retrouve les trois lutins,
ils t'indiqueront la page
où tu dois te rendre !

LES QUATRE CHEMINS
PAGE 20
Pour aider le loup, rends-toi à la page 41.
OH, le loup a l'air d'être pris au piège. Il faut aller l'aider !

LABYRINTHE
•• PAGE 52 ••
Je crois que l'entrée du village se trouve ici...
SOURCE
•• PAGE 8 ••
La sorcière voulait des champignons. On pourrait en cueillir...
N
Pour cueillir des champignons, rends-toi à la page 27.

Pour arriver jusqu'au village tu dois d'abord traverser ce labyrinthe ! Le départ se trouve à la case 2. Chaque numéro t'indique à quelle case tu dois ensuite te rendre. Bonne chance !

10
19
28
11
25
25
13
32
12
20
24
16
13
5
24
11
14
16
23
15
35
28
34
16
12
19
29
14
17
31
33
18
ARRIVÉE
PAGE 30
9

19
10
16
36
20
9
12
33
21
26
8
22
5
24
23
14
26
24
22
12
13
25
11
11
26
23
21
27
29
32
6

28
10
15
2
29
16
27
4
30
36
31
17
32
11
27
3
33
7
17
20
34
15
35
15
36
19
30

À l'aide de la ruche que tu as découpée et des indices donnés par Brownie, place la ruche aux bons endroits pour reconstituer les quatre ruches de l'ours.

L'ours a dit qu'il ne fallait pas que les ruches se touchent.

Il ne faut pas qu'un autre insecte soit dans la ruche.

Il faut une reine dans chaque ruche, avec quatre abeilles par ruche.

UNE FOIS LE JEU TERMINÉ, RETOURNE À LA PAGE 35 POUR RÉCUPÉRER LE POT DE MIEL.

LISTE DES INVITÉS

– Castor : il hésite à quitter son barrage, de peur qu'il s'effondre. Aide-le à construire un barrage solide et il viendra à la fête du village.

– Hibou : il aime se poser sur les arbres du verger, mais il perd souvent ses lunettes quand il vole. Il va falloir les retrouver pour qu'il vienne à la fête.

– Loup : les chasseurs lui tendent sans arrêt des pièges dans le sous-bois. Si tu l'aides à leur échapper, il viendra à la fête.

– Ours : il est inquiet pour ses abeilles, car l'ogre a détruit ses ruches. Aide-le à les reconstruire et il acceptera de venir faire la fête.

Ingrédients de la potion

- ☐ *Eau de source*
- ☐ *Fruits*
- ☐ *Miel*
- ☐ *Bois pour le feu*

Penser à cueillir des champignons pour la sorcière !

Tu as aidé l'ensemble des habitants de la forêt et ils ont pu organiser une belle fête. BRAVO ! Tu peux maintenant revenir dans le monde réel !

SOLUTIONS

PAGE 3

Tu dois avoir noté tous ces mots, peu importe dans quel ordre : eau de source, fruits, miel, bois, chanterelles, scie, bouteille, lunettes.

PAGE 6

Le numéro de page se trouve au sommet de la cage : 11.

PAGE 7

Le numéro de page se trouve dans la fumée de la cheminée : 22.

PAGES 10-11

La bonne serrure est celle sur laquelle est écrit 28.

PAGE 13

Il y a : 8 fruits rouges, 4 fruits orange, 9 fruit jaunes, 2 fruits bleus, 5 fruits violets et 5 fruits verts.

4	5	7	2	1	6	3	9	8
9	8	2	3	4	5	6	1	7
3	6	1	7	8	9	4	2	5
2	1	8	9	5	3	7	4	6
5	9	6	8	7	4	2	3	1
7	3	4	6	2	1	8	5	9
8	4	9	5	6	2	1	7	3
6	2	3	1	9	7	5	8	4
1	7	5	4	3	8	9	6	2

PAGES 14-15

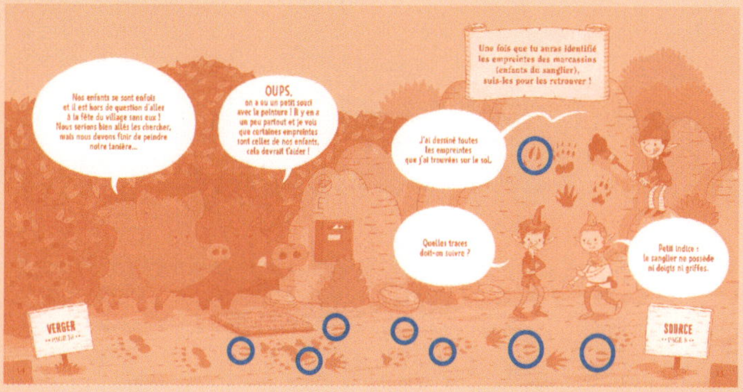

PAGES 22-23

La clé forme le chiffre 8.

PAGE 24

La scie est cachée dans cette page.

PAGE 25

Trouve le bon mot de passe :

MOT DE PASSE	PAGE
CAPUCINE	26 + 12 + 13 + 17
GÉRALDINE	37 + 10 + 9 + 10
MÉLUSINE	37 + 10 + 9 + 10
OMBELINE	10 + 34 + 5 + 20
SÉRAPHINE	10 + 20 + 10 + 6
VÉRONIQUE	30 + 10 + 6 + 19

Voici où se trouvent les différents symboles :

- Serpent (S) : page 44.
- Flèche (É) : page 40.
- Triangle (R) : page 50.
- Abeille (A) : page 35.
- Pomme (P) : page 17.
- Arbre (I) : page 37.
- Poisson (H) : page 19.
- Champignon (N) : page 51.
- Plume (E) : page 14.

PAGE 27

Trouve le bon champignon :

CHAMPIGNON	TOXIQUE	PIED	CHAPEAU
A.MA.NI.TE. TUE.MOU.CHE	OUI	OUI	OUI
BO.LET.SA.TAN	OUI	OUI	OUI
CH.AN.TE.RE.LLE	NON	OUI	NON
COU.LE.ME.LLE	NON	OUI	OUI
LAN.GUE.DE. BO.EUF	NON	NON	OUI

PAGE 29

Trouve la bonne solution :

POUR TRAVERSER LE JARDIN, IL FAUT LE FAIRE EN...	PAGE
CHANTANT	12 + 8 + 6 + 40
RIGOLANT	30 + 20 + 10 + 5
SIFFLANT	7 + 29 +7 + 29
SILENCE	20 + 2 + 2+ 2

PAGE 38

De gauche à droite : Poil de crin, Jean-Michel, Chocolatine, Violette et Grognon.

PAGE 39

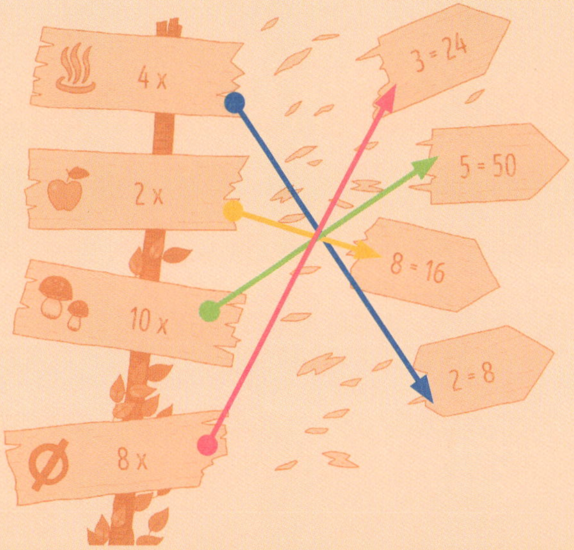

PAGE 41

La bouteille est cachée dans cette page.
X = piège !

PAGE 42

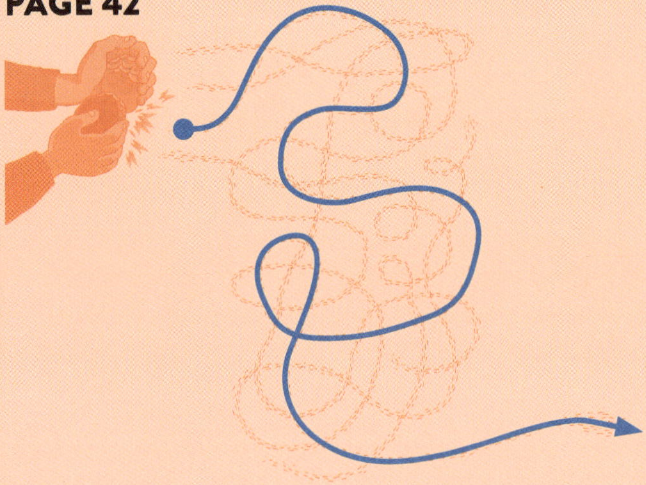

PAGE 44

Tu peux ici récupérer l'eau de source.
Les lunettes sont dans la fontaine.

PAGE 45

PAGE TRENTE-HUIT

PAGE 46

Il te manque des ingrédients pour la potion de la sorcière ? Voici quelques indices :

- Fruits : rends-toi au verger il y en a plein !
- Miel : le meilleur apiculteur habite dans une caverne, tout près de la maison de la sorcière.
- Pour trouver l'eau de source, récupère d'abord la bouteille que la sorcière a perdue dans les fougères puis remplis-la à la source.
- Quant aux champignons, ils aiment l'ombre qui règne dans les sous-bois.

PAGE 48

Un – Thé – Lit – Jean – Ssss – Œuf
La réponse est : intelligence.

PAGE 49

50 + 8 = page 58

PAGE 56

PAGES 52-54

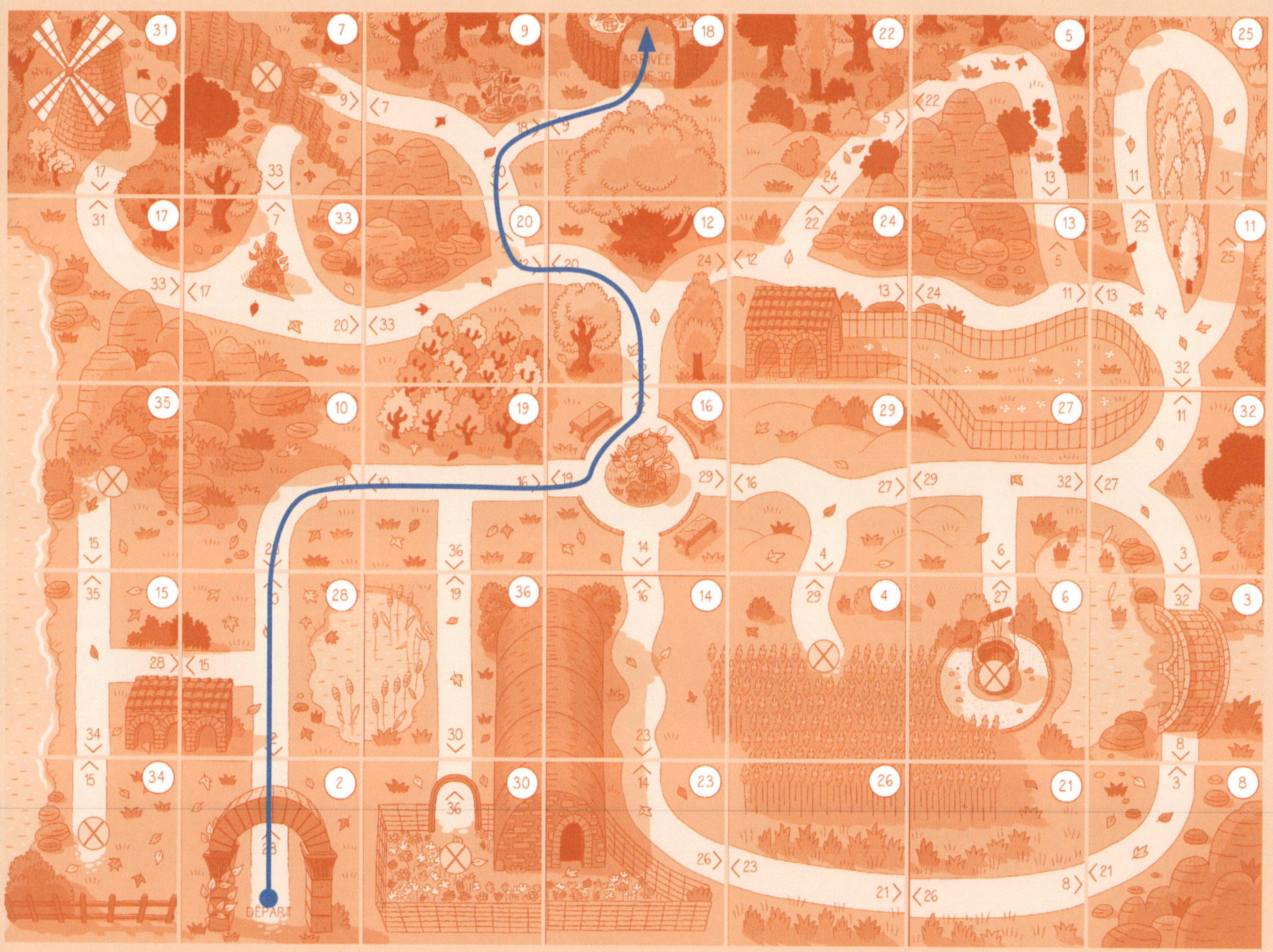

Plusieurs chemins sont possibles,
mais ils sont plus ou moins longs !
Voici le chemin le plus court :
2 – 28 – 10 – 19 – 16 – 12 – 20 – 9 – 18.

TEXTES : THOMAS JACQUET
ILLUSTRATIONS : DAMIEN CATALA

Direction : Guillaume Pô
Direction éditoriale : Elisabeth Pegeon
Édition : Florine Jamroz, Frédérique Chavance
Direction artistique : Julie Mathieu
Création et mise en pages : Magali Meunier
Direction de fabrication : Thierry Dubus
Fabrication : Florence Bellot

57, rue Gaston Tessier
75166 Paris Cedex 19 - France
Dépôt légal : mai 2022
Loi n° 49-956 du 16 juillet 1949
sur les publications destinées à la jeunesse,
modifiée par la loi n° 2011-525 du 17 mai 2011.

ISBN : 978-2-8153-1974-4
N° édition : R22075
Code MDS : RU19744

Achevé d'imprimer en avril 2022
par GraphyCems (Espagne).

Cet ouvrage est fabriqué à partir de matériaux provenant de forêts certifiées FSC® bien gérées, d'encres végétales et d'autres sources contrôlées garantissant la démarche de développement durable de l'éditeur. Les Éditions Rustica utilisent des papiers composés de fibres naturelles, renouvelables, recyclables et fabriquées à partir de bois issu de forêts qui adoptent un système d'aménagement durable. Par le choix de ses fournisseurs et par ses actions quotidiennes, les Éditions Rustica s'engagent à diminuer son impact environnemental.

FSC
www.fsc.org
MIXTE
Papier issu de sources responsables
FSC® C007507